KB253565

얀 이야기

제 6권

착한 고양이

마치다 준 글 그림

김은진 한인숙 옮김

東 文 選

町田　純

善良なネコ

© 2000 Jun Machida

This edition was published by arrangement
with Publisher Michitani, Tokyo
through Access Korea Agency, Seoul

얀과,

그리고 어머니에게

엄청나게 큰 바자르는 상세히 묘사된 그 어떤 지도보다도, 자신이 직접 돈을 지불하고서 물건 따위를 산 적이 있는 몇몇 장소들에 대한 이미지로 기억되는 법이다. 하지만 내*가 자주 찾는 바자르는 그다지 규모가 크지 않다. 두세 번 드나들다 보면, 어디서 어떤 이들이 무엇을 팔고 있는지 누구라도 이내 두루 꿸 수가 있을 것이다. 언제나 감자 두 알을 덤으로 얹어 주는 아주머니, 그 앞으로 지나다니기만 하여도 비스킷 하나를 꼭 건네는 고양이를 좋아하는 할머니, 이런 사람들 덕분에 나의 바자르는 아주 분명한 이미지로 내 머릿속에 아로새겨져 있다.

---

* 고양이 얀. 등엔 갈색 줄무늬가 나 있고, 배 부분은 흰 털로 덮인 큰고양이.

자작나무 껍질로 결은 바구니만을 파는 고양이를 발견한 것은, 그 바자르 가녘의 처마께로부터 밀려난 언저리——이곳은 신출내기들이 물건을 늘어놓고 파는 곳——에서였다. 이 바자르에서 장사를 하고 있는 고양이가 그렇게까지 많지는 않았기에 어렵지 않게 알아볼 수가 있었다.

멀리서 슬며시 살펴보자니, 오늘따라 바자르를 찾은 손님들이 많은 듯한데도 좀처럼 팔릴 기미가 보이지 않았다. 인간들은 그냥 지나쳐 버리고 말 뿐 눈길조차 던지지 않았다.

한껏 맵시를 부린 옷차림새의 할머니가 모처럼 그 앞에 멈추어 섰다.

나도 그 가까이로 다가가 받침대의 가장자리께에 놓인 바구니를 쓰다듬듯 살짝 어루만져 보았다.

아무렇게나 함부로 이것저것 만지작대던 할머니는,

"이거, 네가 만들었니?"

하며, 바구니를 파는 고양이에게 먼저 말을 걸었다.

고양이는 싱긋이 웃으면서 고개를 끄덕였다.

“그래, 고양이인데도……, 잘 겯었네…….”

할머니는 또 다른 바구니를 만지작거리면서 말하였다.

아무래도 그 바구니가 마음에 드는 모양이었다. 사려는가 보다 싶었는데,

“그렇긴 하지만 어쩐지 짜임새가 거칠어. 역시 고양이의 솜씨일 뿐…….”

하고서, 말끝을 채 마무르지조차 않고 총총히 떠나가 버리는 것이었다.

엉성궂은 구석이 마땅히 없진 않을 테지만, 그렇다손 치더라도 제법 잘 겯은 바구니라고 여겼건마는. 고양이로서 이만큼이나 꼼꼼히 겯었다는 것은 대단스러운 일이다. 대개의 고양이에겐 이렇듯 끈기 있게 매달리는 근성이 없다. 그러고 보니 나 또한 어느 결에 이것저것 만지작거리고 있었던 모양이다.

아주 오래도록 다른 손님들조차도 찾아들지 않았다. 물론 나 역시도 바구니를 사야 할 아무런 필연성이 없었다. 그러잖아도 지금 이렇게 손잡이가 달린 작은 바구니 하나를 들고 다니던 터였으므로. 바구니를 파는 눈앞의 고양이

는 변함없이 싱긋이 웃고 있었다.

　마음이 약해진 나는 하는 수 없이 손잡이가 달린 작은 바구니 하나를 더 사고야 말았다.
　"고맙습니다, 큰고양이님."
　바구니를 파는 고양이가 말했다.
　"그래, 그러잖아도 내 바구니가 조금 낡았다 싶었거든……."
　나도 말을 건네었다.
　"그러고 보니 여기서 장사한 지 얼마 안 된 것 같네?"
　"한 주일 전쯤에 드디어 이 자리를 얻었지 뭐예요."
　고양이는 장사가 잘돼서 정말정말 기쁘다는 듯이 싱글싱글 웃으며 대답했다.
　"그랬구나! 아무쪼록 잘 팔려 나갔으면 좋겠네."
　"그럴 거예요."
　이렇게 해서 그날은 바구니 하나를 더 사는 것으로 장보기를 마쳤다.

　그후로는 바자르에 나갈 적마다 일부러 가녁께의 그 바구니 노점상에 들러서 두세 마디 주고받고는 하였다. 장사를 시작한 지 한참이 지났건만 그렇게 잘 팔려 나가는 것 같진 않아 보였다. 그럼에도 불구하고 고지식하기 이를 데 없는 예의 고양이는 매일같이 바구니를 결었고, 그 때문에 늘 생산이 수요를 웃돌고 있었다. 재고 물량은 점점 늘어나서 진열대에 켜켜이 쌓여 갔고, 매일매일 손수레에 한가득히 실려서는 집과 바자르를 오갔다.

　하지만 이런 모습도 머지않아 바자르의 일상화된, 흔히 볼 수 있는 점경(點景) 가운데 하나로 바뀌어 갔다.

그다지 신통스러울 것 없는 여름이 물러가고 이제 막 가을로 접어들었을 무렵, 나는 손잡이가 달린 작은 바구니를 달랑달랑 들고서 모처럼 바자르로 나갔다. 향신료와 야채를 조금씩 산 뒤, 돌아가는 길에 고양이의 바구니 가게 쪽으로 발걸음을 옮겼다.

긴 수염의 할아버지가 바구니를 이리저리 살펴보고 있었다. 잠시 지켜보고 있자니, 그 할아버지 역시 얼마 안 가서 자리를 떴다.

여전히 잘 팔려 나가진 않나 보구나고 어림짐작해 보면서 다가갔더니, 팔려고 내놓은 바구니 위에 웬 비둘기가 앉아 있었다.

"많이 팔았어?"

"오전에 한 개가 팔렸답니다."

바구니 가게의 고양이는 아주 기쁜 듯 싱글싱글하면서 대답했다.

"그래? 다행이다."

나의 말에 바구니 위의 비둘기도 고개를 주억였다. 그러

면서 눈을 약간씩 찡그리는 모양이 아무래도 눈이 안 좋은 것 같았다.

"메밀의 열매를 사다가 카샤*를 만들어 먹을 참이에요."

평소엔 그렇듯 나부댄 법이 거의 없던 고양이가 기분 좋게 재잘거렸다.

"그래? 맛있겠다."

내가 말했다.

"장사도 점점 잘되어 갈 거야."

두 주일쯤 지나 바자르에 나갔을 때에도 얼마 동안 지켜보았으나, 장사는 여전히 잘되는 것 같진 않아 보였다. 나는 손잡이가 달린 바구니 하나를 더 샀다. 요전에 샀던 바구니의 틈서리들이 점점 벌어져 가서 물건들을 담고 다니기가 여간 조심스러운 게 아니었기 때문이다.

* 그레니치바야카샤. 메밀죽. 메밀의 열매 등을 부드럽게 익힌 것.

　"오늘도 돌아가는 길에 메밀의 열매를 사가지고 가서 카샤를 만들어 먹어야겠어요."
하고 말하면서, 바구니를 파는 고양이는 아주아주 기쁜 표정을 지어 보였다. 비둘기도 덩달아서 고개를 크게 주억였다.

　가을이 그 정취를 더해 갈 즈음, 나는 도시를 떠나 북부의 호숫가를 거닐었다.

　빨갛게 익어가는 마가목 열매들이 어둡게 잠겨 있는 호면 위에서 잔물결들과 함께 일렁이고 있었다.

도시로 돌아와 한참 만에야 식료품들을 사려고 바자르로 향하였다.

바자르를 따라 줄지어 늘어선 플라타너스의 노랗게 물든 잎들이, 그 커다란 손들을 한가스레 흔들며 나를 맞이해 주었다.

하지만 나의 바자르는 그런 정취 따위엔 아랑곳없이 한산하기만 해서, 거리가 휑뎅그렁하게 비어 있는 듯한 느낌마저 들었다. 향신료 가게에 수북이 쌓여 있는 고춧가루가 오늘따라 유난히 붉어 보이기도 했다.

나는 감자를 한가득히 사들고서 고양이의 바구니 가게 쪽으로 계속해서 걸어갔다.

그 가까이에 이르렀을 즈음 뭐랄까, 평소와는 어딘가 다른 분위기를 감지할 수 있었다. 손님들이라고 해야 하려나, 아니면 달리 무어라고 일컬어야 하려나? 그러니까 바구니 가게의 앞쪽이며 옆쪽을 흰쥐랑 회색빛 쥐랑, 또 새끼고양이와 작은 새들의 무리가 거리낌 없이 누비고 다니는가 하면, 바구니 위로 올라갔다가 내려갔다가 해대는 바

람에 어수선하기가 도무지 꼴이 아니었다. 그리고 물론 눈이 나빠 보였던 그 비둘기도 있었다.

당혹감을 감추지 못한 채 가게 앞으로 다가가자, 조붓이 들어차 있는 바구니들 틈바구니에서 회색빛 쥐가 한 바퀴 공중제비를 도는가 싶더니 내 쪽으로 훌쩍 뛰어내렸다.

"어서 오세요, 아주 좋은 바구니랍니다."

앞발 한쪽이 어쩐지 좀 불편스러워 보인다 싶었는데,

"어린이 서커스단에 있었지요. 몸을 단련하느라고 높은 곳에서 뛰어내리는 연습을 매일같이 해야 했거든요. 그러다가 이런 고약한 신세가 되어 버렸답니다. 아차, 어느 바구니로 드릴까요?"

하고, 내 눈길을 견뎌내기가 곤혹스러웠던지 회색빛 쥐가 불쑥 물었다.

"어? 그러니까 그게 말이지."

내가 어찌할 바를 몰라 하자, 이번에는 바구니의 손잡이에 앉아 있던 박새 같아 보이는 작은 새가 "정말 좋은 바구니!" 하고 말을 얹었다.

이 새도 비둘기와 매한가지로 눈을 감은 건지 뜬 건지

알 수 없을 정도였다. 아무래도 잘 보이지가 않는 모양이었다.

"어째 좀 분주해 보이네?"

바구니 가게 고양이에게 넌지시 묻자, 언제나처럼 싱글싱글 웃으면서 고개를 크게 끄덕여 보였다. 그의 머리에도 작은 새 한 마리가 앉아 있었다.

순간 새끼고양이 녀석까지 합세하여 내 꼬리를 가지고 재롱을 피우려 들었다. 털빛이 그다지 곱지도 가지런하지도 않은데다 뼈만 앙상한 것이 그래도 장난칠 기운은 남아 있는 모양이었다.

이럴 땐 재빨리 자리를 뜨는 것이 상책이다. 나는 손잡이가 달린 바구니에서 감자 몇 알을 꺼내어 녀석에게 건넸다.

"얼마 안 된다만, 받아 주렴."

"고마워요, 큰고양이님."

바로 그때 "감자다!" 하고, 회색빛 쥐가 소리쳤다. 그러자 내 발치께에 있던 새끼고양이 녀석도 덩달아서 "감자다!" 하고 외쳐댔다.

“감자다아!”

박새도 거들었다.

“감자야!”

“감자!”

메아리처럼 여기저기서 ‘감자’ 소리가 연달아 울려 나왔다. 나중엔 진열대 아래에 놓인 커다란 바구니 속에서도 “감자다아” 하고 힘없는 목소리가 희미하게 새어 나왔다.

그 고동빛의 커다란 바구니 속에는 윤기라곤 찾아볼 수 없는 깃털과, 또 어딘지 모르게 부실해 보이는 까마귀가 몸을 웅크린 채 들어앉아 있었다.

“손님, 이 바구니는 어떨는지요? 큼지막해서 잠자리로 딱 좋아요.”

까마귀는 내 쪽은 쳐다보지도 않고서 웅크린 채로 혼잣말처럼 중얼거렸다.

“그래, 이 다음에.”

길가에 늘어선 플라타너스들을 따라 걸으며 바자르의

지붕 너머로 널따랗게 펼쳐져 있는 투명하고 파란 하늘을 바라다보자니, 잎이란 잎은 죄다 떨어내고서 겨울맞이를 서두르고 있을 호숫가의 울창한 수목들이 마음속에 그려졌다.

야트막한 언덕에라도 오를라치면 숲 속 깊은 데까지 끝없이 연이어져 있을 침엽수림의, 그 어두운 녹회색의 띠를 조망해 볼 수 있지 않을까?

다시금 바자르에 드나들기 시작하면서 고양이의 바구니 가게에도 여러 차례 들르게 되었다. 그러다가 수다스런 회색빛 쥐를 통해서 바구니를 파는 고양이와 그들의, 그러니까 무더기무더기로 쌓여 있는 바구니들 사이를 거침없이 누비고 다니는 무리들의 보금자리라든가, 또 그밖의 잡다한 이런저런 사정들까지도 익히 전하여 들을 수가 있었다.

이를테면 그들 무리가 고양이네 가게로 모여들게 된 경위 같은 것들하며. 요는 모두가 바구니 가게의 고양이네에 얹혀살고 있으며, 바구니가 생각처럼 그렇게 잘 팔려 나가지 않아서 하루하루 먹고살기가 여간 힘겨운 게 아니라는 이야기.

처음엔 눈이 좋지 않은 예의 비둘기뿐이었다고. 그래, 그건 나도 알고 있는 바이다. 그러던 것이 언제부터인가 아주 자연스럽게 바자르의 한쪽 구석이며 주위를 떠돌던, 어쨌거나 형편이 딱한 패거리들이 하나둘씩 모여들기 시작한 거라고 했다.

물론 패거리들이 먹을 것을 찾아나서지 않았던 것은 아

니라고 회색빛 쥐는 덧붙였다.

"그렇지만 바구니가 하나라도 팔려 나가면, 카샤를 먹을 수가 있으니까요."

회색빛 쥐는 카샤가 소복이 담긴 접시를 떠올리자니 기쁨이 온몸에 뿌듯이 차오르는 모양이었다.

"우리들에겐 진미가 아닐 수 없죠. 요즘은 푸성귀 지스러기라든가, 움난 감자 한 톨조차도 찾아보기가 어려운걸요."

"그래, 그렇겠구나. 그렇다면 모두가 함께 살아가고 있다는 거네?"

"그래요, 그런 셈이죠."

가을이 깊어가던 어느 날, 나는 피로슈키를 좀 더 넉넉히 구웠다.

손잡이가 달린 바구니에 신문지를 깔아 틈서리들로 비어져 나가지 않도록 단단히 마무르고서, 바자르의 바구니 가게 고양이와 비둘기, 또 쥐랑 새끼고양이들이 함께 살고 있다는 건물로 향하였다. 겉모양은 의외로 근사해 보였지만, 벽의 곳곳은 칠이 벗겨져 나가 있고, 입구의 나무 계단은 썩어 들어가고 있는데다가, 천장은 스며든 빗물 자국들이 복잡한 지도를 그려 놓은 것으로 미루어 이미 오래전에 폐쇄된 듯한 아파트임이 분명해 보였다.

입구를 지나 곧장 왼쪽 방문 앞에 섰더니, 안에서 우당탕퉁탕하는 소리와 함께 바스락바스락, 소곤소곤하는 목소리들이 일제히 새어나왔다. 게다가 내가 등지고 서 있는 문 쪽에서는, 그러니까 통로의 오른쪽 첫번째 방에서는 모차르트의 〈터키 행진곡〉을 제멋대로 두드려대는 소리까지 새어나오고 있었다. 나는 기분이 조금 언짢아져서, 그 엉터리 연주가 마음에 거슬렸다기보다는 애당초 모차르트의 위선적인 면모들에 염증을 느끼고 있던 터였기에 우울히 노크를 했다.

똑똑…….

아무도 내다보려 들지 않았다.

똑똑…….

여전히 내다볼 기색이 전혀 없다.

똑똑.

시끄러워서 잘 들리지가 않는 모양이었다.

똑똑똑.

"누구지?"

하는 소리가 그제야 문 저쪽에서 울려들었다.

어렵사리 문이 열리면서 한쪽 눈이 찌부러진 흰쥐가 얼굴을 내미는가 싶었더니,

"어? 그 큰고양이님이셔!"

하고, 안쪽을 향해 냅다 소리쳤다.

안으로 들어서자, 어린이 서커스의 단원이었다던 회색빛 쥐가 바로 앞에서 공중제비를 돌았다. 손 한쪽이 불편스러운 건 여전했지만, 아직은 서커스단 시절에 익힌 재주

가 남아 있었다.

볼품없는 식탁에는 먹고 남은 야채 지스러기 같은 것들이 너저분하게 흐트러져 있었다.

새끼고양이 녀석은 내 등에 기어오를 태세로 이참엔 발톱을 세웠다. 또 한 마리의 꼬마고양이는 발돋움질로 손잡이가 달린 바구니 안을 들여다보려고 안간힘을 써댔다.

나는 그 꼬마고양이에게 얼른 피로슈키 하나를 건네었다. 새끼고양이에게도, 그리고 흰쥐에게도 각각 하나씩을 나누어 주다가 회색빛 쥐부터서는 아예 바구니째로 건네어 나누어 먹을 수 있도록 했다.

"피로슈키다."

"피로슈키."

"뭐, 피로슈키?"

"피로슈키야."

"피로슈키라고?"

"저거, 진짜 피로슈키잖아."

"아직 따뜻한걸."

"피로그* 인데."

“아냐, 피, 로, 슈, 키라고.”

여기저기서 피로슈키라는 낱말이 잔물결처럼 일어났다.

그런데 바구니를 팔던 고양이는 어디에 있는 거람?

찬찬히 살펴보자니, 그는 좁아터진 방 한구석에서 자작나무 껍질로 커다란 바구니를 골똘히 겯고 있었다.

“어어, 피로슈키는?”

회색빛 쥐에게 묻자, 손잡이가 달린 바구니를 거꾸로 뒤집어 보이면서,

“금방 동나 버렸는걸요…….”

하고, 볼이 미어질 듯 한입 가득히 넣고서 우물거렸다.

낭패로구나 싶어서 발치께를 무심한 눈길로 내려다보자니, 잔뜩 웅크린 채 말없이 피로슈키를 먹고 있는 까마귀가 눈에 들어왔다. 그리고 초라한 그 한쪽 날갯죽지 아래 감추고 있는 두세 개의 피로슈키도 눈에 띄었다.

“남아 있기에.”

하며, 궁색한 변명을 늘어놓는 까마귀에게서 두 개를 되받아 바구니를 겯고 있는 고양이에게로 다가갔다.

＊속에 고기나 채소·생선을 넣어 구워낸 러시아식 파이. 피로슈키보다 크다.

“피로슈키를 구웠는데, 조금 먹어 볼래?”

“고마워요, 큰고양이님.”

하더니, 그제야 일손을 멈추고서 한입 베어 물었다.

“정말 맛있는데요.”

“하나 더 먹어 볼 테야?”

“고마워요.”

그 뒤 바자르에서의 일들에 대한 이야기를 얼마쯤 나누었고, 또 가을빛이 완연할 즈음에 떠났던 북부 호숫가에 대한 이야기도 나누었지만, 주변에서 하도 어수선산란하게 구는 바람에 나는 좀 더 일찍 돌아가기로 하였다.

허튼 데 없이 착실한 고양이는 또다시 바구니를 겯기 시작했다.

문을 나설 때까지도 아무렇게나 연주해 대는 예의 피아노 소리는 계속되고 있었다. 이번에는 지긋지긋한 라장조의 소나타였다. 휑뎅그렁하니 살풍경스러운 통로와 잘 어울리긴 했지만서도.

“또 퇴역 군인의 피아노야.”

배웅하던 회색빛 쥐가 불쑥 말하였다.

"종일토록 쳐대는 통에 모두들 골머리를 앓는답니다."

"흠, 그럼 안녕."

"안녕히 가세요, 큰고양이님! 피로슈키, 감사해요."

작별의 말을 나누고서, 건물을 나서다 말고 나는 퇴역 군인의 방문을 노크했다.

피아노 소리가 그치고, 마룻바닥이 삐걱거리는 소리가 나는가 싶더니 문이 열렸다.

"무슨 일이오?"

"혹여 당신이 위선자는 아니겠지요?"

"아냐, 난 그저 노인일 따름이야."

"모차르트를 좋아하나요?"

"마음에 들진 않아!"

퇴역 노인은 문을 쾅 닫고서 들어가 버렸다.

다시 연주를 하려나 해서 귀를 기울여 보았으나 그뿐, 피아노 소리는 더 이상 들려오지 않았다.

나는 아파트를 뒤로했다. 텅 비어 헐거워진 바구니는, 이대로 손이라도 놓을라치면 내 마음과 함께 어디론가 날 아가 버릴 것만 같았다.

이윽고 세찬 바람이 내 손에 들린 바구니를 낚아채 달아 날 듯한 기세로 바자르에 늘어서 있는 플라타너스들 사이를 달음질쳐 갔다. 공중을 휘돌던 흙먼지들이 바자르를 뒤덮치며 진열해 놓은 상품들 위로 마구 내려앉았다. 나는 개개풀어진 눈으로 간신히 장보기를 마친 다음, 귀로에 고양이네 바구니 가게를 찾았다.

"어서 오세요, 정말 좋은 바구니랍니다."
하며, 회색빛 쥐가 언제나처럼 그렇게 눈앞에서 한 바퀴 공중제비를 돌았다.

"정말 좋은 바구니!"
박새도 거들었다. 비둘기는 눈을 감은 채 바구니 위에 앉아 있었다. 새끼고양이 녀석은 벌써부터 내 꼬리를 꼭 붙들고서 장난질을 쳐댔다. 또 다른 무리들은 각각의 바구니에 들어앉아 눈을 붙이고 있었다. 까마귀도 예의 꾀죄죄한 날개깃을 접고서 잠들어 있었다. 그런데 정작으로 중요한 바구니를 파는 고양이의 모습은 어디에도 보이지 않았다.

“감기 기운이 있는 것 같아요. 그래서 방에 꼼짝없이 누
워 있답니다.”

내가 무어라고 묻기도 전에 회색빛 쥐가 그의 소식을 먼
저 전하여 주었다.

“신열에 시달리기라도 하나?”

“그렇게까지 심한 편은 아니에요, 그냥 감기일 뿐.”

“그렇다면 다행이고.”

“그래요, 곧 괜찮아지겠지요.”

그로부터 한 주일 정도 지나 바자르에 나갔을 때에는,
회색빛 쥐의 예견대로 바지런히 바구니를 겯고 있는 고양
이를 만나 볼 수가 있었다.

겨울은 무섭도록 재빨리 찾아왔다. 무엇에 홀린 듯이 때
이른 눈보라가 연일 몰아쳤다.

얼어붙은 눈세계에 매몰된 가을을 구해 낼 방도란 이미
없었다.

눈이 멎어 가없이 짙푸른 겨울 하늘 아래 펼쳐진 바자르는, 여기저기에 쌓인 눈 무더기들이 발하는 푸르스름한 빛들이 마치 섬광처럼 번쩍이고 있었다. 볼이 빨갛게 상기된 사람들과 새로 난 털들을 잔뜩 부풀린 짐승들로 바자르는 오랜만에 활기가 만만했다. 눈보라에 갇혀 지낸 날들의 우울했던 심사를 일소하려는 듯 물건들을 사느라고 여념이 없었다.

나는 밀가루와 달걀과 버터를 산 다음 차제에 고양이네 바구니 가게에 들를 요량이었다. 오늘은 손님들도 많으니, 두세 개쯤은 너끈히 팔려 나가서 모두들 싱글벙글해 있을 거라고 여기면서.

바자르 가녁의 늘 그 자리께에 이르자 손님들의 발길이 뚝 끊어졌다. 바구니들을 벌여 놓던 길모퉁이엔 손님이라고는 찾아보기 어려웠다. 손님은커녕 바구니 하나도, 아니 바구니를 겯던 고양이며 회색빛 쥐랑 흰쥐조차도, 새끼고양이도, 비둘기도, 박새도, 어쩐지 부실해 보이던 까마귀

마저도 보이지 않았다. 녹아내리다가 반쯤 얼어붙은 눈이 무인도 같은 형상을 하고 있는, 바구니들을 진열해 놓던 상품대만이 덩그러니 놓여 있을 뿐이었다.

손님들이 이토록 많은 날, 왜 가게를 열지 않은 것인지 다소 아쉬움이 남기는 하였지만, 그들에게도 뭔가 피치 못할 사정이 있을 테지 싶었다.

내가 방구석에만 틀어박혀 두문불출하였던 저 눈보라치던 날들에, 어쩌면 그들은 바자르에서 부지런히 바구니를 팔았을는지도 모른다. 게다가 이토록 멋진 겨울날을 만나기란 좀처럼 어려울 테니까, 회색빛 쥐라면 어디 햇살 가득한 설원에서 지치도록 공중제비를 돌고 있을는지도 모른다. 그리고 어쩌면 부실한 까마귀는 황량한 숲 속의 어느 높다란 나무 꼭대기에 앉아서 혼잣말을 중얼거리고 있을는지도 모른다.

비록 세상이 보이지 않는다 할지라도 이 빛은 향긋한 향기와 같아서 느낄 수가 있었을 것이다. 우리들의 뺨에 난 솜털들을 간질이고, 또 칼깃에 감추인 보드라운 깃털들에

스몄다가 슬며시 달아나는 미풍과 같아서 분명히 느낄 수가 있었을 것이다.

오늘 산 재료로 내일은 피로슈키를 만들 궁리를 하면서, 나는 군데군데 눈이 들붙어 있는 플라타너스 가로수들을 따라 앞으로 나아갔다.

이튿날, 기운이 남아돈 나는 피로슈키를 아주 푸짐히 만들었다. 여럿이 나누어 먹을 테니까 많이 만들어서 나쁠 건 없었다.

바구니가 제법 묵직해 밑바닥이라도 빠지면 어쩌나 조마조마 마음을 졸이면서 길을 나섰다.

청랑한 겨울 하늘은 오래가지 못했다. 그토록 찬연히 빛나던 겨울빛은 단 하루로 끝나 버렸다. 어둡고 침침한 눈 구름이 하늘을 또다시 뒤덮고 있었다.

군데군데 눈이 얼어 미끄러운 길바닥들을 요리조리 피해 무리가 살고 있는 아파트로 서둘러 갔다.

지붕에 쌓여 있는 눈 때문인지 아파트는 그런대로 근사해 보였다.

눈은 누추한 것들을 아름답게 단장하고, 호사로운 것들을 초라히 만들어 버린다.

눈으로 덮인 여름 별궁은 어쩐지 을씨년스러워 보이는 것이 가난한 인상을 풍기지 않던가? 그에 비하면 지금 내

눈앞에 서 있는 아파트는 호화롭게 느껴질 만큼 따사해 보였다.

나는 나무 계단을 올랐다.

출입문을 밀치고 안으로 들어서자, 살풍경스러운 통로에서 게으름에 빠져 깊이 잠들어 있던 공기가 어렵사리 눈을 떴다. 맞은편에 있는 노인의 방에서 모차르트는 흘러나오지 않았다. 사람의 기척도, 동물의 기척도 전혀 감지할 수가 없었다.

똑똑.

소리가 주변으로 울려 나갔다.

똑똑.

손잡이가 달린 바구니를 바닥에 내려놓고서, 다시 노크를 해보았다.

똑똑똑.

……. 똑똑똑.

조금 썰렁한 느낌이 들었다.

똑또…….

"누구…?"

문이 비긋이 열리면서, 그 뒤쪽으로 회색빛 쥐의 모습이
보였다.

"나야."

"아, 큰고양이님."

회색빛 쥐는 공중제비 없이 문 뒤에 선 채로 불쑥 말했
다.

"피로슈키를 다시 또 구워 왔어. 이번엔 무지 많아."

내 말에 회색빛 쥐는 아무런 대꾸도 아니하고, 그냥 고
개만 끄덕였다.

방 안엔 아무도 없었다. 식탁과 의자 세 개가 전부였다.
맨 먼저 눈에 들어왔던, 방 한구석에 차곡차곡히 쌓여 있
던 바구니들은 자취조차 없었다.

"어? 모두들 어디 간 거야?"

"음."

"어디로들 나간 모양이지?"

"음, 그래요, 모두들 어디론가 가버렸답니다……."

"정말이야. 그럼 늘 바구니를 겯던 그 고양이도?"

"예."

"그래? 하는 수 없지 뭐. 이렇게 피로슈키를 구워 왔는데 말이야.

"아, 고마워요."

회색빛 쥐는 볼이 미어지도록 피로슈키를 베어 물었다.

"아직도 따듯해요."

"그래, 그러네."

나도 하나를 베어 물었다.

"맛있어요."

회색빛 쥐가 볼을 우물거리면서 대뜸 말하였다.

"응."

나 자신도 솜씨가 좋아졌다는 생각이 들었다.

"모두가 돌아올 즈음이면 죄다 식어 버리고 말겠는걸."

나의 말에 회색빛 쥐는 무표정하게

"이젠 아무도 돌아오지 않을 거예요."

하고 대꾸한 뒤, 다시금 입을 우물거렸다.

"무슨 일이 있었던 거야?"

"예, 그러니까 저어, 죽어 버렸답니다."

"어?"

“음, 몸이 불덩이 같더니만, 급작스럽게.”

“어? 누가?”

“음, 바구니를 곁던 고양이님이.”

나는 베어 물려던 피로슈키를 손에 쥔 채 멍하니 휑뎅그
렁한 방 안을 다시 한 번 둘러보았다.

“아주 맛있어요.”

회색빛 쥐는 피로슈키를 하나 더 베어 물었다.

“그래.”

나도 한입 베어 물었다.

하지만 어찌 된 까닭인지 아무런 맛도 느껴지지 않는데
다가, 또 아무리 오물거려도 좀처럼 삼켜지지가 않았다.

“모두들 폐렴일 거라고 했어요.”

우물우물하면서 회색빛 쥐가 말하였다.

“그랬었구나…….”

“음, 사흘 전이었답니다. 큰고양이님은 피로슈키를 만드
는 솜씨가 굉장해요.”

“어, 그래.”

“마침 알맞은 크기의 바구니가 있기에, 그 속에 넣어 가

지고 성(聖) 게오르기우스 수도원 묘지의 가장자리께 빈 땅에다가 함께 가서 묻었답니다.”

“그래.”

“그러니까 자기가 결은 바구니 속에 기분 좋게 들앉아 있게 된 거지요.”

“그렇구나.”

“피로슈키, 참 맛있어요. 저어, 큰고양이님! 하나만 더 먹어도 될까요?”

“그야 물론이지.”

틈서리들에서 구슬픈 두두크*의 음률이 새어 들어왔다.

“누가 부는 거지?”

“어쩌면 요전에 이사해 온 사람일 거예요. 카프카스 쪽에서 왔다고 하던걸요.”

“오늘은 피아노 소리가 들리지 않네.”

“연주가 아예 딱 끊겼답니다.”

“그래?”

*아르메니아의 오보에와 비슷한 목관 악기. 러시아, 그루지야, 발칸 일대에서도 볼 수 있다.

"언제였더라, 한밤중이었는데 잔뜩 취해설랑은 통로에서 냅다 소리쳐대지 뭐예요. '난 위선자다!' 하고서요. 그 다음부터는 연주를 전혀 하지 않던걸요."

"그래."

"아, 큰고양이님! 저 두두크를 불고 있는 사람과 맞은편의 퇴역 노인에게도 피로슈키를 조금 나누어 주고 싶은데, 그래도 될까요?"

"응, 그러려무나. 그런데, 다른 친구들도 곧 돌아올 테지?"

"으음."

회색빛 쥐는 머리를 가로저었다.

"어? 왜?"

"모두들 나가 버렸답니다. 이제 이곳에 있어 봤자 먹을 거리가 나올 리 만무하잖아요."

"어? 그러네."

이국의 두두크는 띄엄띄엄 끊어질 듯 이어지고 있었다.

"그래서 너도 나갈 거야?"

"예, 조금 더 머물러 있긴 할 테지만서도. 아, 그리고 이

거, 큰고양이님이 들고 다니면 좋을 것 같아서.”

하며, 회색빛 쥐는 식탁 밑에서 손잡이가 달린 바구니 하나를 꺼내어 나에게 건넸다.

“다른 것들은 시장 상인이 와서 몽땅 가져가 버렸답니다. 이것만 남아 있던걸요.”

“그래, 고마워.”

“그래도 만든 건 바구니 가게 고양이님이잖아요.”

“그러네.”

하여 나는 밑바닥이 떨어져 나갈 듯한 손바구니와 새 손바구니를 양손에 하나씩 들고서 아파트를 나왔다. 눈구름이 온통으로 뒤덮인 하늘은 금방이라도 눈을 쏟아붓고 말 것 같은 태세를 취하고 있었다.

한참을 걸어 운하에 면하여 있는 길로 나아가자, 몇 개의 결정들이 엉긴 듯한 눈발이 펄펄 흩날리고 있었다.

나는 운하를 따라서 걸어 나갔다. 괴어 있는 납빛의 물길은 새하얀 눈의 결정들을 삼켜대면서도 전혀 하애지지가 않았다.

다시 한참을 걸어가다가 문득 걸음을 멈추고서 한없이 이어지는 운하의 끝머리 쪽을 바라다보고 서 있자니, 무겁게 짓누르고 있던 눈구름이 홀연 엷어져 가면서 연황빛을 띤 하늘이 언뜻 내비쳤다.

그 하늘을 배경으로 북부의 이름 모를 작은 호수와, 또 그 호숫가에 흩뿌려 놓은 듯한 빨간 마가목 열매들이 떠올랐다.

물론 그후로도 바자르에 나다니기는 했다. 감자며 비츠며, 어쨌거나 식료품들을 구하여야 했으므로. 캐비지도, 당근도, 버섯도. 그러다 돌아가는 길엔 번번이 예의 패거리들이 바구니를 팔던 바자르 가녘께를 어정거리곤 하였다.

하지만 아무도 만나지는 못하였다.

아니, 어쩌면 어딘가에 있었을는지도 모른다. 박새는 박새들 무리 속에. 회색빛 쥐나 흰쥐 역시도 그들의 무리 속에.

새끼고양이는 좀 더 자랐을 테고, 꼬마고양이는 하마 중간치쯤 되어서 길고양이 무리와 함께 살고 있을는지도 모른다. 눈이 좋지 않은 비둘기는 그야말로 무리들 가운데 섞여 있으면 절대로 알아볼 수가 없을 테니.

그리고 늘 그렇듯이 눈길을 모으지 못했던 까마귀는, ……틀림없이 어느 구석진 자리에 숨어 있을 게 뻔하다.

겨울은 바자르뿐만이 아니라 거리를 온통으로 뒤덮어
버리는가 싶더니, 이내 매몰시켜 갔다. 설령 번화한 거리
의 생활에 아주 넌더리가 났다손 치더라도 한 발짝만 바깥
으로 내디딜라치면 끝없는 설원으로 이어지고 마는 정적
과 죽음의 세계였다.

얼마 안 있어 크리스마스가 다가왔고, 바자르는 오랜만에 활기를 되찾았다. 동물들이며 인간들이 내뿜는 하얀 입김들이 분망히 떠다니고 있었다.

나는 전나무를 장식하지 않았다, 아무런 바람도 없었기에.
그리고 새해는 지체 없이 내 앞을 스쳐 지나갔다.

빛을 잊어버리고 있을 즈음하여, 봄은 싹들을 틔워 낸
다. 이윽고 봄은 언 땅을 녹이고, 얼어붙은 플라타너스 가
로수에 부활의 날을 알린다.

초하의 어느 하루. 나는 포플러의 새하얀 솜털들이 어지러이 흩날리고 있는, 바자르를 향하여 난 길을 천천히 걸어갔다. 신록이 자아낸 무성한 나뭇잎들 사이사이로 내비치는 햇빛이 땅 위의 온갖 물건들을 빛과 그림자로 모자이크를 하고 있었다. 나도 그렇게 모자이크되어 갔다.

명랑한 햇빛은 바자르에도 내리쏟아졌다. 기분 좋은 미풍은 모두의 볼을 간질였고, 강아지랑 새끼고양이들의 보드라운 털들을 어루만지곤 했다. 빛 가운데 서 있는 것들은 성큼 다가온 여름을 기대해 마지않았고, 그림자 가운데 서 있는 것들은 어느새 물러가 버린 봄을 그리워했다.

나는 바자르 가운데로 나아가 한번도 물을 내뿜은 적 없는 메마른 분수지의 타일에 걸터앉았다.

한참을 그렇게 초하의 햇살에 도취해 있었다. 그것은 1년 만에 만난 빛의 홍수였다.

바로 앞의 매점께에는 장미꽃이 만발했고, 은방울꽃은 초록 물결에 묻혀 있었다. 철 지난 라일락은 퇴색한 보랏

빛으로 은은한 향기만 간직한 채 고개를 떨구고 있었다.

나는 자리를 털고 일어나 또다시 걷기 시작했다. 서투르키스탄의 값비싼 깔개를 펴 놓은 점포에 들러 볼 참이었다. 최근 들어 마음이 부쩍 끌리는 그곳은, 미지의 고장에서 묻어 온 신비롭고 기이한 향취로 가득했다.

석류석이며 홍옥수 또는 청금석 같은 귀석(貴石)으로 꾸민 은 장신구들을 붉은 벨벳 위에 되는 대로 죽 벌여 놓고 있었다. 어느 돌이나 다 짙은 빛깔인 것이 마치 그 색채에 침잠해 있는 듯하였다.

나는 번번이 그렇고 말았던 것처럼 다시금 홀리어 정신 없이 빠져들었다. 그도 그럴 것이 돌 하나하나가, 공들여 갈닦은 은사슬이, 아무리 안간힘을 쏟아도 결코 가닿을 수 없는 별세계의 그것처럼 느껴지는 것이었다.

나는 어떻게 해서라도 한번 어루만져 보고 싶었다. 살며시 손을 내뻗었다.

그러자 먼지투성이 카프탄*에 사각모자를 쓴, 햇볕에 검

* 길이가 기다란 웃옷. 여기서는 중앙아시아의 ‘차반’을 가리키는 듯하다.

게 탄 까까머리가 검은 수염을 만지작거리면서 힐끗댔다.

조금 두려워져서 나는 손을 거두고 말았다.

그러다 여자 둘이 얼굴을 바싹 갖다 대고서 그것들을 들여다보는 틈을 타 날랜 손으로 한번 만져 보았다.

이 일만으로도 오늘은 기분 좋은 날이 될 성싶었다.

그후 나는 이 가게 저 가게를 순례하며 객쩍은 수다로 시간을 보냈다. 산 것이라곤 감자가 다였다.

왠지 모르게 신바람이 나서 이리저리 거닐다 보니 급기야는 바자르 가녘에 이르러 있었다.

고양이네 바구니 가게가 자리해 있던 곳은 휑뎅그렁하니 빈 채였다.

오늘은 이대로 뒷문으로 나가 볼 요량을 하고, 나는 계속해서 걸어 나아갔다.

잔뜩 녹이 슬어 있는 문 언저리에, 커다란 흰버드나무 한 그루가 약한 바람에도 그 가늘고 긴 버들잎을 너울거리며 서 있었다.

그리고 그 나무 아래로 웬 노천상이 들어서 있었는데, 펼쳐진 꽤 큼직한 천 위로 항아리며 접시들을 조붓이 벌여 놓았다. 바자르의 철책을 뒤로 하고서 마음이 여릴 듯한 남자가 싱글거리며 그 천 위에 앉아 있는 모습도 보였다. 뭐랄까, 또 하나의 항아리를 여분으로 남겨둔 듯한. 유약을 바르지 않고 구운 질그릇도 있는가 하면, 채색한 그릇들도 있었다. 그림이나 도안은 단순하면서도 대담했다. 새나 꽃이 그려진 것들도 있었다.

나는 마가목처럼 빨간 열매와 잎이 그려져 있는 것이 마음에 들었다.

막 집어 들려는데, 바로 앞의 철책 위쯤에서 뭔가가 공중제비를 하여 내 발치에 착지했다.

"어서 오세요, 아주 멋진 접시랍니다."

"어?"

"음, 오랜만이에요, 큰고양이님. 안녕하세요?"

하고, 앞발 한쪽이 부자유한 회색빛 쥐가 인사를 건네는
것이었다.

"그래, 물론이야."

내가 대답했다.

"접시를 찾고 있나요? 아니면 항아리?"

"어, 음, 글쎄다……."

그러자 철책 위에서 돌연히

"정말 멋진 항아리!"

하는 소리가 들려왔다.

올려다보니 박새가 눈을 감은 채 철책 위에 앉아 있었다.

좀 더 주의 깊게 살펴보자니, 눈이 안 좋은 비둘기도 다
른 작은 새들의 무리 속에 섞이어 있었다. 그리고 어딘가
에서 새끼고양이 녀석이 모습을 드러내는가 싶더니 잽싸
게 내 꼬리로 장난질을 해댔다. 또 한쪽에서는 손에 들려
있는 바구니 속을 들여다보려고 꼬마고양이가 연방 발돋
움질을 해대었다. 항아리들 사이에서 중간쯤 되어 보이는
고양이가 그것을 지켜보고 있기도 했다. 흰쥐는 갈색 항아

리에서 얼굴을 내밀었다.

"다들 여기 있었네."

"예, 있고말고요."

"또다시 모여 살기로 한 거야?"

"예, 그렇게 되었어요. 저절로 이렇게 모여지던걸요."

나는 조금 전에 보아 둔 접시를 사고야 말았다. 그릇 장수는 아주 소중한 그 무엇처럼 몇 장의 신문지로 조심스레 싸고 또 싸주었다.

"저, 아저씨가 만든 건가요?"

하고 묻자, 싱글싱글 웃으면서 가볍게 고개를 끄덕였다.

작별 인사를 나누며, 나는 감자 몇 알을 회색빛 쥐에게 안기고 돌아섰다.

"감자다!"

내 발치께에 있던 새끼고양이가 먼저 소리쳤다.

그러자 항아리 속에서와 철책 위에서도

"감자란다!"

"감자."

"감자라고?"

"그래, 감자."

하는 소리들이 점점이 울려 퍼졌다.

　왼손에는 접시 꾸러미를 껴들고, 오른손에는 손바구니를 든 채 나는 그 자리를 떠났다.

　아니, 떠나려고 몇 발짝 옮기다 말고 커다란 항아리에 그만 바구니를 부딪뜨리고 말았다. 다른 그릇들과 동떨어져 있었던 까닭에 미처 못 보았던 것이다. 다행히도 겉모양은 멀쩡해 보여서 항아리의 안쪽을 살펴보았다.

　놀랍게도 그 안에는 시커먼 새 같은 것이 몸을 옹그리고 있었다.

　그 새가 나를 힐끗 치올려다 보면서 말했다.

　“손님, 이 항아리는 어때요? 카샤를 양껏 담아둘 수가 있답니다.”

　“그래, 이 다음에.”
라고 대답하고서, 나는 샛길을 따라 걸어 나갔다.

플라타너스 가로수들이 늘어서 있는 길로 나왔을 즈음
하여, 나는 바구니와 접시를 딴 손으로 바꾸어 들었다.

바구니가 조금 낡삭기는 하였으나, 감자의 무게를 아주
잘 감당해 내고 있었다.

그래, 괜찮아, 아직은 쓸 만하다고 스스로를 위로하며
나는 휘파람을 불면서 걸어 나갔다.

어떤 곡을?

저 터키풍의 행진곡.

해 설

　이 작품은, 본래는 《얀의 단편집》 가운데 한 편으로 쓰인 것
이다. 그랬는데 단편집을 꾸리려고 본문을 죽 한번 읽어보자
니, 이 한 편의 톤이 아무래도 다른 작품들과 어우러지지 않는
다는 느낌이 들었다. 그러자 그런 느낌을 지우기가 점점 더 어
려워져 갔다. 하여 이렇듯 얄따란 책이 나오고야 말았다.

　서점에서 일러스트와 짧은 글이 함께 실린, 이처럼 얄따란
책들을 만난 적이 있다. 성인을 위한 동화인 것인지 유아화한
성인용 그림책인 것인지 알 순 없지만, 요컨대 아주 간단히 마
음의 위안을 얻고자 하는 이들을 대상으로 한 상술이 뛰어난
책들이 아닐까 싶었다. 하여 그런 책들을 볼 때마다 솔직히 적
잖은 산림 자원의 낭비가 아닌가 하는 생각마저 들기도 했었
다. 게다가 이런 얄따란 책에서 위안을 얻을 만큼 인간이 단순

83

한 것도 아니고, 또 무엇보다도 인생은 한층 더 복잡하잖은가 말이다. 그러기에 이렇듯 얄따란 책이 만들어져서는 안 되리라고 여겨 왔던 터였다.

그런데 이렇게 그와 같은 책이 만들어지고 말았다. 변명의 여지란 없다. 아니, 그렇기는커녕 오히려 여간 만족스럽지가 않다. 아주 짤따란 이 작품은, 한 권의 책으로 꾸려지지 않으면 안 될 성싶은 어떤 확신을 가지게 했다. 더 보탤 수도 뺄 수도 없는, 《얀과 카와카마스》를 만들 때와도 같이 그렇게.

어머니가 세상을 떠나신 지 1개월쯤 지났을 무렵 나는 이 작품을 쓰기 시작했다. 입원을 하고서 얼마 지나지 않아 설암이 악화되었고, 급기야는 돌아가시고 말았다. 나는 물론이려니와 의사 또한 할 수 있는 게 아무것도 없었다.

나는 내 자신이 죽으면, 세계는 사라져 없어질 것으로 여기고 있다. 나 자신의 의식 세계만이 아니라 현존하는 이 세계마저도. 이것이 아주 유아적인 사고이며, 또 철학의 기본조차 잊고 있는 발상이라는 건 알지만서도. 가령 세계가 존재하지 않았더라면 내 의식은 자아를 확립할 수 없었을 것이다. 하지만 이런 가설일랑은 무시해 버리고서, 내 자신의 죽음으로 세계는 사라질 거라고 믿었다. 내 자신이 살아 있기에 세계는 시시 각각으로 생성하고, 존재하고, 계속되고 있었다. 그런데 어머니가 돌아가시고 밤이 밝아오자 새파란 하늘이 널따랗게 펼쳐졌다. 세계는 아무것도 달라지지 않았다. 대지는 여전히 건재했고, 새들은 언제나처럼 우짖었다.

그럴지라도 유심히 살필라치면 뭔가가 달라져 있는 듯한 느낌이 차오른다. 이를테면 하늘빛이 묘하게 새하얗다. 풍경들마다가 왠지 서먹서먹하게 와닿는다. 거리로 나서면 한층 더 분명해진다. 시글시글한 온갖 군상들이 죄다 인형 같다. 낯익은 역이며 건물들이 어찌 된 일인지 머나먼 또 다른 장소 같다.

'역시 그렇구나!'고 생각했다. 이 세계가 소리나게 무너져 내리지는 않더라도 지금 눈앞에 실재해 있는 세계는 어제와는 아주 다른 세계인 것이다. 어머니는 죽음과 함께 그 자신의 세계를 지워 없앤 것이다. 그것은 나의 세계로까지 파급되었다. 다시 말하면, 나의 지나간 세계마저도 어머니의 죽음과 동시에 사라져 버리고 만 것이다. 그리고 지금의 이 세계는 미지의 것이다. 이렇게 해서 수천수만의 생명이, 물론 동물이며 곤충이며 식물까지도 날마다 사라져 없어지고, 또 그때마다 참으로 새로운 세계가 계속해서 나타난다. 게다가 알지 못하는 누군가의 죽음이나, 어느 공터의 한 마리 길고양이의 죽음 또한 각각 제 나름의 세계를 잃고, 저도 모르는 사이에 우리들의 세계를 다시금 새로이 하는 것이다.

하나의 장으로서의 커다란 세계가 존재하고, 그 속에서 각양의 생명의 탄생과 종말이 되풀이되고 있는 것이 아니다. 각각의 생명이 하나의 세계를 가지고 있는 것이다. 그 세계는 모든 것을, 그보다는 전체를 포괄하고 있다. 다만 이 개개의 것으로서의 전체는 아주 하찮으며, 대개는 순식간에 끝장나 버린다. 그러나 이런 순간순간들이 쌓이고 쌓여서 이른비 우리들의 일상 세계가 형성되는 것이다. 그러므로 우리들의 일상 세계는 확고한 장 따위를 갖지 않는다. 그것은 단순한 흐름이다.

이러한 흐름에 떠올랐다 잠겼다 하면서 우리는 세계의 생성과 소실을 잊고 있다. 아니면 그 엄숙한 순간에 참예하기가 두려워서 숨어 있는 것일는지도 모른다. 그렇더라도, 이를테면 이렇게 해서 우리들은 상상이라는 걸 할 수가 있는 것이다.

운하 저편의 빨간 마가목 열매라도.

에서 화제를 바꾸어 보련다. 얀은 어째서 모차르트를 위선적으로 여기어 언짢아하였을까?

혹여 여러분의 목전에 "그래요, 아무래도 나는 모차르트가 좋은걸요" 하며 정색을 짓는 이가 앉아 있다면 어떠할까?

나라면 바로 옆에 놓여 있는 물컵을 들어서 끼얹어 버릴 참이다. 어째서? 그렇게 말하는 건 심히 부끄러운 일이므로. 왜 부끄러운 것이냐고? 그것은 남 앞에서 드러내어 말할 수 있는 성질의 것이 도저히 아니기 때문이다. 마찬가지로 "나는요, 바흐가 좋답니다" 하고 진지한 얼굴로 말하는 이가 있다면, 그 자리에서 컵이 날아갈 터이다.

그렇기에 혹여라도 "나는 쇼팽을 좋아해요" 하는 이가 있다면, 차가운 물이 담겨 있는 욕조에 목덜미를 잡고서 푹 처넣어 버릴는지도 모르겠다. "슈베르트의 ×××, 좋잖아요" 하고 말한다면, 등 뒤에서 기관총을 난사해 그의 몸뚱이를 벌집으로 만들어 버릴 테다. "베토벤이……" 하는 녀석에게는 가만히 그 머리를 쓰다듬어 내리다가 한 방 날려줄 참이다. 이렇게 말하는 녀석은 폭력을 좋아할 터이기에. "말러가……" 할라치면 뒤에서 걷어차 버리는 것만으로도 충분하리라. 그 얼굴에

퉤하니 침이라도 내뱉어 줄 수 있다면.

어쨌든 이런 말들을 남에게 누설해서는 안 된다. 이것은 비밀에 부쳐져야 하니까. 그저 남모르게 듣든가, 그렇지 않으면 듣지 말든가 할 일이다. 이런 음악들은 쿠르드인의 텐부르처럼 메마른 한 음으로 휙 흩날려 버린다. 그러므로 남에게 듣게 하는 것은 당치도 않은 처사이다. 퇴역 노인도 그것을 깨달았으리라. 그렇더라도 "빌어먹을!" "똥싸개!" 하고서 투덜투덜 볼멘소리를 내며 연주한 거라면 얼마쯤 용인해 줄 수도 있을 법하다.

어머니가 돌아가신 지 2개월이 지났다. 세계가 나날이 갱신되어 가는 데 의문을 품을 때가 더러 있다. 결국 이 느즈러져 의지할 곳 없는 일상이 유일한 세계이고 장인가 하는. 그 속에서 우리의 생은 작은 꽃불처럼 그렇게 덧없고, 의미를 부여할 수조차 없다. 그런데도 아무런 의미를 부여할 수 없는 이 생을 회색빛 쥐며 비둘기며 박새며 새끼고양이며, 예의 활기라곤 찾아볼 수 없는 까마귀까지도 여전히 살아가고 있지 않는가. 아니, 그게 아니라면 보잘것없는 이 생이야말로 세계 그 자체

여서 그것을 완수해 나아가는 행위를 알든 모르든 이어가는 것인가.

세계가 끊임없이 생성하고 소멸하는 걸 의식하며 살아가는 것은 몹시 괴롭고도 슬픈 일이다. 게다가 새로운 세계에 발을 내디디는 하루하루는 그저 고통일 따름이다. 그럼에도 여전히 앞으로 나아가지 않으면 안 되는 것인가? 그럴 때 우리는 임의로이 행진곡을 필요로 한다. 하는 수 없이 앞으로 나아가는 것이다. 하는 수 없이.

이런저런 사정들을 죄다 떠안고서 예의 〈터키 행진곡〉은 플라타너스 가로수길에 울려 퍼진다. 얀이 떠나간 뒤에도 계속해서 되울려 나온다.

우리들의 시야 가득히 널따란 플라타너스 가로수길과 그 너머의 바자르, 군데군데 풀들이 자라난 공터와 적당히 어울려 있는 돌이며 벽돌을 쌓아올린 집들과 수목들, 어지러이 날아다니는 포플러의 솜털들, 그리고 언제나처럼 드넓은 하늘이 들어차 있다.

2000년 3월 14일

만약 그대에게……

만약 그대에게 진짜 친구가 있다면, 그 친구와 이 피로슈키를 함께 나누어 보세요.

만약 그대에게 예사로운 친구가 있다면, 그 친구와도 똑같이 나누어 보세요.

만약 그대에게 진짜 친구도, 흔히 볼 수 있는 예사로운 친구조차도 없다면, 이 50개 남짓이 되는 피로슈키를 매일 조금씩이라도 먹어 버릇해 보세요. 어느 때는 맛이 있다가 어느 때는 그다지 맛이 없기도 하겠지요. 그럴지라도 언제든 아주 조금은 맛이 있답니다. 그것이 말하자면 인생의 맛이랍니다.

그러다가 혹여 그대 가까이에 회색빛 쥐나 새끼고양이나 비둘기나 박새나 흰쥐, 또 조금쯤 꾀죄죄한 까마귀가 있기라도 한다면, 그와도 같이 나누면 좋을 듯싶습니다. 물론 착한 고양이에게도, 그다지 착하지 않은 고양이에게도.

피로슈키라는 말이 잔물결처럼 퍼져 나가 살며시 그대를 감쌀 수 있었으면 합니다.

그런데도 혹여 한입도 먹지 않고서 휙 가버렸다면…….

그렇다면 우리 나라가 풍요 속에서 그 착함을 잃어버린 것일 터입니다.

피로슈키 만드는 법 — 마치다 마리코

[재료]

피(반대기)	강력분	500g
	계란	3개
	버터(가염버터)	200g
	소금 · 설탕	약간
소	소고기 · 돼지고기 간 것	300g
	양파(다진 것)	1.5개
	당근(다진 것)	1개
	표고 버섯(불리어 다진 것)	2~3개
	삶은 계란(다진 것)	2개
	밥 반 공기 정도 (식은 것도 무방)	
	마늘(찧은 것, 또는 튜브에 들어 있는 것) 약간	
	샐러드유, 또는 버터	
	소금 1.5작은술	
	후추 약간	

[소를 만든다]

1 팬에 샐러드유(또는 버터)를 두르고, 양파가 부드럽게 될 때까지 볶는다. 간 고기, 당근, 불리어 다진 표고버섯 순으로 첨가해 가면서, 소금과 후추 · 마늘로 맛을 낸다. 불을 멈춘 뒤, 삶은 계란과 밥까지 한데 뒤섞어서 식혀둔다.

[피를 만들기 위한 준비]

2 밀가루에 소금과 설탕을 한 자밤 쳐둔다. 냉장한 버터를 작다랗게 자른다. 밀가루와 버터를 손으로 뒤섞는다.

3 자그만 알갱이 형태로 덩이지면, 계란을 넣고 버무리어 한 덩어리가 될 때까지 잘 치대어 반죽을 곱게 만든다.

[피로슈키를 만든다]

4 탁구공 크기만큼 덜어낸 반죽을 밀방망이로 밀어서 가능

한 한 얇게, 손바닥만하게 긴둥근꼴로 편다. 모양이 조금 찌그러져도 괜찮다.

5 얇은 반대기의 반쪽에 큰술로 소를 수북하게 얹은 다음, 남은 반쪽의 반대기로 뒤덮어 싼다. 남아돈 반대기는 따로 떼어둔다. 반대기의 위아래를 손끝으로 마무르는데, 비비 꼬면서 위쪽으로 되받아 넘기듯이 해가며 단단히 붙여 나간다.

6 물에 푼 계란을 붓솔로 바른 뒤, 220℃로 예열한 오븐에서 약 15분가량 연한 갈색으로 노릇해질 때까지 굽는다.

＊러시아어 통·번역자인 코지마 히로코 씨에게서 배운 본고장의 피로슈키입니다.

＊양질의 밀가루라면, 이 분량으로 50여 개의 피로슈키를 만들 수가 있답니다. 그러나 밀가루의 상태에 따라서 한 덩어리로 반죽이 잘 되지 않을 때도 더러 있지요. 그럴 때에는 스메타나(사워 크림) 따위를 첨가해 보세요.

＊쌀이 포인트입니다. 러시아에서는 "쌀이 들어가지 않는 피로슈키란 없다…?!"고까지 말할 정도이지요. 밥알이 소의 수분과 감칠맛을 흡수해서 속은 촉촉하고, 겉은 바삭하게 만들어 줍니다.

얀 이야기

제❻권
착한 고양이

초판발행: 2013년 1월 20일

지은이: 마치다 준〔町田 純〕

옮긴이: 심은진·현인숙

東文選

제10-64호, 78. 12. 16 등록
110-801 서울 종로구 계동길 50
전화: 737-2795

ISBN 978-89-8038-927-8 04830
ISBN 978-89-8038-921-6 (세트)
정가 10,000원